이원규 시집

돌아보면 그가 있다

차   례

제 1 부

제 2 부

제 3 부

제 1 부

북 극 성

숲 속에 홀로 누운 밤이면
나의 온몸은 나침반
그대 향해 파르르 떠는 바늘

밤새 외눈의 그대 깜빡일 때마다
나의 몸은 팽그르르 돌아
정신이 없다

극과 극의 사랑이여
단 하룻밤만이라도
두꺼비집을 내리고 싶다

인 연

저기 복사꽃 지네
지지 않으려 몸부림치며
비가 내리네 이 땅에 닿지 않으려
발버둥치며 추풍낙엽이 지네

저 눈송이
내 발등 위에 앉기 싫어
한번 더 몸을 뒤집고
아서라, 나 또한 여기 이곳이 싫어
발을 동동 굴리고 있네

하지만 저 빗방울
애기똥풀 꽃잎에 내리려
얼마나 애타게 공중제비 했던가
그대와 마주치지 않으려
얼마나 먼 길을 나, 돌아서 왔던가

길의 아들

실로 먼 길을 돌아서 왔다
길에서 만난 여인에게 아이를 배게 하고
무정처의 날들이 광속으로 흘러갔다
처음 집을 나선 일곱살은
황토재 넘어 천둥 소낙비에 까무러치고
낙동강의 열한살은 고무신을 잃었다

젖은 신발 속에서 잠을 청하면
탯줄을 매달고 날아오르는 새떼들
열일곱의 만덕사는 반야심경을 외지 못하고
스물의 상아탑은 술잔 속에 지는 꽃잎이었다
한번도 지름길을 택한 적 없지만
막장에서 빠진 손발톱
직립의 온몸은 구겨진 깃발이었다

길 위에서 길을 잃은 날
손바닥에 침을 뱉다가 보았다
이미 선명하게 새겨진 손금과
단절의 손가락 마디마디를 건너

끝없이 돌고 돌아가야 할 지문의 등고선
운명처럼 천둥 벼락이 치고 비바람이 불었다

벼락이, 빗방울이, 꽃잎이
어디 갈 곳을 알고 떨어지는가
길의 아들이 길의 딸을 만나 아이를 낳고
길 위에 아이를 버렸다

해발 삼백 미터

해발 삼백 미터 이상에선
강간 사건이 일어나지 않는다

선과 악의 경계
새들도 함부로 울지 않고
악인마저 착한 산노루가 된다
모든 범죄는 그 아래서 일어난다

왜 그런지 묻지 마라
서울역 지하도를 지나면서도
해발 일천 고지를 넘나드는 사람이 있다

맹인의 아침

산촌 하내리의 겨울밤
자정 넘어 함박눈 내리면
먼저 아는 이 누구일까 제아무리
도둑발로 와도 먼저 듣고 아는 이 누구일까

온 마을 길들이 덮여
문득 봉당 아래 까무러치면
맹인 김씨 홀로 깨어 싸리비를 챙긴다
폭설의 삶일지라도 살아온 만큼은 길 아니던가
밤새 쓸고 또 쓸다보면
맹인 김씨 하얀 입김 따라 열리는 동구밖

비록 먼눈일지언정
깜박이는 눈썹 사이 하내리의 아침이 깃들면
맨 먼저 그 길을 따라
막일 나가는 천씨의 콧노래
등교하는 아이들의 자전거 페달 밟는 소리

비로소 맹인 김씨 잠을 청한다

새는 왜 나는가

한 마리 새를 쏘는 순간
새는 하나의 표적일 뿐이다

그러나 이 또한
얼마나 위험한 논리인가

단지 화살을 피하기 위해
새들이 날고
산노루 뛴다면
나는 더이상 시를 쓰지 않으리

한때 인간인 우리도
표적인 시절이 있었다

적막 강산

잠시 피돌기 멈춘 심장
그 고요한 봄밤의 웅덩이에
내것 아닌 피 한방울 떨어진다
풍 경 소 리——

산사에 와 생각커니
소쩍새 울음 없이 어찌 적막이 있으랴

침잠 없는 삶은 삶이 아니고
미동 없는 죽음은 죽음도 아니니
문득 염불소리에 소름 돋는 비구니가 있다

저놈의 두견이
쏴 죽이고픈 처사가 있고
시 읽는 게 지겨운 시인이 있다

또 하나의 바다

이따금 세상살이 지겨우면
물안경을 쓰고 바라보라
살아있는 모든 것은 물의 골격일 뿐

토끼 한 마리 풀을 뜯으면
토끼 모양의 물방울 속으로
풀잎 모양의 물방울들이 빨려들어간다
인기척에 놀란 물방울이 출렁, 잽싸게 구른다

물이 물의 손을 잡고
물이 물의 혀를 빨아들이고
물이 물의 성기에 사정을 한다

하늘이 둥그니 물의 머리 둥글고
땅이 평평하니 물의 발바닥 평평하다
겨울 나무는 치솟은 고드름
여름산은 물의 왕릉

물방울 하나 울며 서녘 하늘 날아간다

꽃집에 꽃씨 없다

어젯밤 망월묘역에서 전화가 왔다
여그 참꽃이 피었어야
한번 오랑께 ──
영광에 가면 영광굴비 없다던
김남주 선생의 목소리였다

출근길에 꽃집 앞을 지나는데
다시 전화벨이 울렸다
다 헛거여, 한번 댕겨가랑께 ──

한다발 꽃을 사는 이들의 향기여
뿌리 없이도 화사한 죽음의 냄새여
꽃집에 가면 꽃씨가 없다

지리산 멧돼지

남원군 운봉리 지리산 기슭에
정종 개씨 산다 멧돼지에게 들이받혀
갈비뼈 세 대가 나갔지만
멧돼지들의 보모인 그에게서 배웠다

순종은 위험하다는 사실을
순도 백퍼센트의 다이아가 깨지기 쉽듯이
새끼마저 물어죽인다는 사실을
집돼지 어미를 둔 순도 칠십오의 그들은
새끼 잘 키우고 육질도 연하므로
하산한 모든 멧돼지는 반종*이라는 사실을

함박눈 내리는 지리산의 밤
멧돼지 쓸개주를 마시다 한 수 배웠다
순결한 꽃은 어째서 일찍 시드는지
알콜 백의 술은 어째서 있을 수 없는지
오르가슴 백의 섹스는 어째서 복상사일 뿐인지

반종의 멧돼지처럼

길들여지는 것은 아닌가 반문해보지만
순도 백의 혁명은 죽음뿐이라는 것을
순결한 야인을 꿈꾸지만
그는 이미 이승 사람이 아니란 것을

* 반종: 튀기

주파수를 맞추며

비 오면
빗소리에 주파수를 맞추네
풍경소리 소쩍새 울음
꽃잎 이슬 그 떨림에도 주파수를 맞추어보네

사랑하는 이의 젖은 목소리
목포여인숙 옆방의 거친 숨소리
붉은 머리띠의 힘찬 구호소리
잡음 때문인가 오늘은 잘 들리지 않네

푸른 산 푸른 그늘의 표정과
깊은 강 묵묵부답의 노래와
오리무중 물안개의 눈빛에도
나름대로의 주파수가 있겠지만
나의 주파수는 무엇인가
0128026205인가 온라인 번호인가

녹슨 철로에 귀를 대고
이제야 들어보는 내 심장의 박동소리

아직 기차는 오지 않고
연착의 세월 그 시절들에
치지직, 주파수를 맞추어보네

가을 오후

후손도 없나봐!
무덤가 무성한 풀밭에 누워
눈시린 하늘 바라보다 흐윽,
범하고 말았다
그녀 깊숙이 무덤 깊숙이
나를 들이밀자

울었던가
가지 마 서울, 가지 마!
가을 하늘 먹먹했던가

삼백예순 살도 넘은
할머니의 무성한 산발머리 움켜쥐고
그녀 울었네 푸드덕,
젖무덤에서
산까치 한 마리 날아올랐네

몽유도원도

솔가지 찢어지는 눈보라의 밤
어머니는 안평대군이었다

막내야, 꿈속에서 너를 보았대이
내 손에 붉은 천도복숭아 하나 쥐어주고
허허벌판 길을 떠나더라
마구 눈보라는 치는데
옷자락 휘날리며 휘이휘이 가더라
발자국 지워지고 젊은 두 여자는 우는데
네 애비처럼 잘도 잘도 가더라

어머니는 안평대군처럼 말씀하셨지만
나는 화가 안견이 아니었다

일본에서 잠시 건너온
몽유도원도 진본을 들여다보니
복사꽃 화사하게 피었다만
아직 천도복숭아는 맺히지도 않았다

꿈속의 큰스님

만덕사

스님은 뱀이었다 말도 없이
발도 없이 백화산 수풀을 누비는 큰스님은
푸르디푸른 뱀이었다

저자에 나서면
만나는 사람에 따라 체온이 달라졌다
바람처럼 섹스를 했으며
눈맞춘 중생들의 이마에는
무정처 무소유 무집착의 화인을 찍어주었다

서울은 따스하구나
무덤처럼 월강아, 너도 참 따스해졌구나
가까이 하면 안되겠다 이만 갈란다

온몸 영하의 큰스님
한겨울 북한산 창밖에 서 있었다
지천의 눈밭에 휘휘
바람의 발자국만 남기는 큰스님
입적한 지 언제인데 여전히 푸른 뱀이었다

고   백

1만 2천4백 7십일을 살았다

지난해에도 심장은
3천6백 7십9만번이나 뛰었고
7백 8십8만번 두 눈을 깜빡거렸으며
머리카락은 1백 5십밀리나 자랐다

1년에 석달 보름을 자고 일어나 생각하니
심장이 1만번은 뛰어야 한번쯤
그대를 생각했으며
3천번쯤 두 눈을 깜빡이고 나면
슬그머니 술과 섹스가 떠올랐다

그러니 언제 시를 쓰고
민중과 통일을 생각할 겨를이 있었겠는가

1백만번쯤 심장이 뛰고
십밀리쯤 머리카락이 자라면
잠시 심각하게 한반도의 안부를 물었다

나는 망명하지 않겠다

백화산에 울던 새
월악산에 날아와 백화산 그리워 운다
속리산에 살던 살쾡이
희양산에 죽어도 머리는 속리산 향한다

다 건넌 뱃사공
강 저편을 욕하지 않고
남의 품에 안겼지만
사랑했으므로
지난 날의 여자를 저주하지 않는다

귀순인가 귀역인가
탈북자들을 보며 생각하거니
나 그렇게는 망명하지 않겠다

견 우 화

교도소 면회실을 나오다
직녀야 직녀야
애타게 부르는 나팔꽃을 보았다

견우는 좌파였다
견우의 아들인 나팔꽃 씨들도 좌파였다

한사코 왼쪽으로 온몸을 꼬며
머리 쳐든다 쳐들고 헉헉 가는 길

오작교는 싸리울이다
오작교는 똥막대기다
오작교는 철책이다

허락된 단 하루 칠석을 거부하고
쟁기질하며 간다 콩밥을 먹으며
지상의 별이니 하는 따위
유혹의 이슬 털어내며

이단의 꽃
일제히 손나팔을 분다

영혼의 무게

담배 연기의 무게를 재는 것은
영혼의 무게를 재는 것과 같다
——웨인 왕 감독의 영화 「스모크」 중에서

만약 그대가
3.2킬로의 신생아로 태어났다면
살아생전 영혼의 무게는 얼마나 될까

부음보다 빠르게 배달된
영안실 꽃의 무게와 같지는 않을까
아니, 신생아 때의 몸무게에서
조화의 무게를 뺀 만큼의?

그렇다면 그대 영혼의 무게는
마이너스일 확률이 더 높을지 모른다

그만큼 헛살았거나 차라리
안 산 것만 못하다는, 오오 진정하시길
조화가 많이 배달될수록
이승의 죄가 많은 경우 허다했으니

닭을 위한 변명

한때는 꿈도 많았으리
빌딩 옥상에 올라
지는 해 바라보며 우는 이여
아직은 다만 날지 못할 뿐인 새여

둥지 하나 틀지 못하고
허공을 쪼며 우는 망각의 새여

붉은 해를 삼킨 것일까
몸 속 수십개의 노른자위
태양을 품은 채
무정란을 낳는 새여

날마다 홰를 치며
똥구멍으로 아침을 여는 이여

벼랑 끝의 의자에게

벼랑 끝의 소나무
저의 중심은 벼랑이다
빌딩 창밖의 유리창닦이
저의 중심은 고층 유리창이다

비웃지 말라
인터넷을 드나드는 빌딩 속의 의자여
그대의 중심은 어디에 있는가

싹이 자란 만큼 뿌리가 자라는지
뿌리가 썩은 만큼 잎이 마르는지

나는 모른다 어쩌면 그대가
소나무의 벼랑 끝보다
한 사나이의 고층 유리창보다
먼저 추락할지도

내려올 때 더 무서운 게 벼랑이다

방 외 인

물오른 버들가지 어르며
물씬 아지랑이 일으키는 이여
날개도 없이 어디서 날아왔는가

늘 달무리를 이루는 이여
이른 새벽 파릇한 꿈을 꾸면
어째서 새싹이 돋아나고
하얀 꿈을 꾸면 어째서 눈은 내리는가

때로는 풋풋한 바람으로
때로는 격정의 파도로 오는 이여
눈썹을 싹 밀어버리고
오늘은 또 어디로 가는가

아닌 밤나무

한 삼년 내리
밤나무만 보았더니
슬슬 생기가 도는 나무껍질

나의 살갗을 도려갔다
그 사이 몸이 붙은 잎새들
나의 살을 가져가고
가지마다 줄줄이 피어난 꽃들
나의 희디흰 뼈를 추려갔다
훌쩍 담장을 넘는 밤꽃 향기
나의 더운 피를 빼가고
저절로 벌어지는 밤송이들
나의 골수마저 뽑아갔다

아아, 분하다
밤나무는 나인데
나는 아직 밤나무가 아니다

고로쇠나무의 항변

저도 한 소식 전하고 싶은 것이다
지리산의 봄이 오기도 전에
빨대 꽂고 쪽쪽 피를 빠는 인간들에게
단풍나무과의 고로쇠나무도
한 말씀 전하고 싶은 것이다

무간지옥이 따로 있간디
차라리 죽여달랑께, 할 법도 한데
고로쇠, 고로쇠는 말이 없었다
담황색 꽃을 피우고
아기 손바닥 같은 잎을 내저으며
고로쇠는 고로쇠 아무 말이 없었다

다만 그해 늦가을
단풍놀이 온 인간들에게
말라비틀어진 검은 잎을 보여줄 뿐
단풍잎 하나 없는 지리산이 곧
아비지옥이란 것을 깨우쳐줄 뿐

만   월

아이 밴 여자는 아름답다

감히 누가 있어
저 달을 보며
딴 마음을 먹겠는가

뼛속 환한 달밤
태아들이 절구방아를 찧고 있다

제 2 부

상 사 화

삽자루에 펜촉을 꽂고
탄맥을 캐던 막장 후산부에서
펜대에 삽날을 꽂고
인맥을 캐는 세기말의 기자라니

암수 한몸은 꿈일 뿐인가
발자국마다 상사화 피었다

길

바람 품은 대나무
휘면서 폭풍우에 맞서고
바람 든 겨울 무
엄동설한에 노란 싹을 내미네

바람을 품지 않고
어찌 바람과 맞서랴만
나이 서른이 넘도록
몸의 안팎만 분리하고 있었네

내 몸 속 날카로운
바람 한줄기 날아간다, 화살
혈관 속으로 날렵한
물살 하나 역류한다, 연어

레드 콤플렉스

느닷없이 국방군이 나타나
총부리를 들이대며 소리친다
꼼짝 마, 이 새끼야!
사색의 산사나이, 그 아들은
엉겁결에 국방군의 목을 조른다
죽어라 새꺄, 죽어!

뇌 속의 충전인가 방전인가
악몽에서 깨어보니
옆자리 애인이 목졸려 있었다

나의 본능적 분노를
껐다 켰다 하는 자 누구인가

굴뚝새

머구꽃 핀 돌담을 돌아 도랑물 흐르고
검은 새 한 마리 아슬아슬하게 날아간다
감나무 아래 돌담 사이 굴뚝새의 집
형수님, 여기 계셨군요
부산 희망원 출신 양말공장의 고아
이모 외숙모 촌수도 모르는 반귀머거리 굴뚝새
작은형 만나 한글을 깨치고
혜림이 남희 낳으며 열한 해 행복하던
그러나 폐광 후 작은형 공사장 따라 나돌자
외로웠던 생과부, 온기 남은 아궁이를 버리고
낯선 사내와 야반도주한 굴뚝새
딸들이 보고 싶어도 돌아오지 못하는
형수님, 여기에 계셨군요
경기도 구리시 산마을 화분공장
도저히 못 가겠어, 네가 가봐
병나발 불며 숲그늘이 되는 작은형
형수의 둥지엔 깃털 하나 없었다
다방이며 술집이며 소문 속의 검은 새
도시엔 굴뚝이 없으니 굴뚝새도 없었다

그 얼굴의 낙화

죽은 소에게 풀을 먹이다 1

오래 거울을 보노라면
내 얼굴 지워지고
가늠자 위로 과녁 하나 떠오른다

눈썹 사이 먹점 하나
눈물점 두개

　　　　의
　　각　彈
　삼　群　着

(뿔 두개
코뚜레 하나의 죽은 소
되새김질이 채 끝나기도 전에
목구멍 속 풀꽃이 피었나)

얘야 눈물점일랑 빼거래이
고단한 니를 보믄 자꾸 맴에 걸린대이
고향의 어머니 명절 때마다 성화지만

나는 뺄 수가 없다

내 얼굴은 걸어다니는 과녁
혹은 이 세상의 총알받이

(하나 둘 도반들이 죽으면서
밥보다는 소주와 커피와 담배
몸에 안 좋은 것만으로 살아왔다)

그도 아니라면 나는 무엇이었을까
빈 외양간 앞 살구나무에
빠진 뿔, 신열의 이마 기대니
후르르 꽃잎이 진다

저문 숲

가지 말라
묻지도 말라 저문 숲
그곳에 나의 어머니가 있다

소복의 비녀머리
풀자마자 삽시간에 어두워지고
수절 삼십년의 어둠재갈
물자마자 엄습하는 적막의 숲

애타는 산사나이의 안부인가
예저기 소쩍새 운다
척추 골절 맏아들의 귀향인가
화들짝 벼랑에 돌 구르고
야반도주한 고명딸의 육보시인가
이파리마다 수군대는 봄바람
마누라 찾아나선 둘째아들의 살기인가
저절로 나뭇가지 찢어진다

저문 숲

느닷없이 서울 하늘 덮쳐오는
저 무서운 숲
오지 말라 찾지도 말라
숲 속에 불 흐르는 산짐승의 눈빛
그곳에 웅크려 앉은 내가 있다

밤 기차

아서라,
눈알을 뽑아버리고
길길이 날뛰고픈 한 사나이가 있다

시를 쓰는 가을밤

탱자나무가 걸어온다
탱자나무 울타리가 몰려온다

내가 온전히 가지 못하니
저들이 먼저 가시의 혀를 내밀며
슬슬 시비를 걸어오는 것이다

탱자씨, 뿌리, 나무, 이파리, 가시, 꽃, 탱자…

쓰고 또 쓰다가
볼펜 한 자루로 이백자 원고지
백여덟장을 메울 수 있다는 사실을
처음 알았다 가을밤이었다

애   인

번개탄 없이도
활활 타오르는 십구공탄

그의 그녀,
화력만 셌다

밀양 얼음골

모든 바람은
부채 안에 잠들어 있다는 말도
옛말, 이제 바람은 화력발전소로부터
온다 부르자마자 에어컨 바람이
온몸의 세포를 급습한다

하지만 중복날 오후
창문을 꼭꼭 닫고 에어컨을 켜고도
뭔가 후터분하다면
밀양 얼음골에 가보라

한여름 바위 틈에서
지난해 늦가을 바람이 불어온다
허균이 스승을 해부했다는 얼음골
파보면 서릿발을 간직하고 있다

올 가을엔 나도, 나의 몸도
용량 초과의 메모리들 지우고
갈잎 스치는 바람을 저장해보고 싶다

사 분 간

다이너마이트
비로소 너의 정면이다
천공 13, 뇌관 13, 화약 13, 13, 13
죽음, 이제 너는 나의 정면이다

지하 칠백 미터
별똥별의 도화선에 담뱃불을 붙이면
자꾸만 떨리는 손, 흐르는 땀
(하나 두울 셋 아앗, 담뱃불이?
성냥, 빨리 성냥!
열하나 열둘 열셋 안 보여 연기, 헉
이새꺄! 뛰어, 뛰란 말이야!)

사분간
그것은 내 죽음의 꽃이야 별이야
갱목에 기대어 귀 막고
입 벌린 채 들어보는 심장 터지는 소리
천갈래 만갈래 찢어지는 사분간
그것은 내 삶의 꽃이야 별이야

막장에서 나온 지 십년
내 꿈은 아직 사분간을 넘지 못한다

교 적 비

서성국민학교

<1947년 4월 22일 개교하여
졸업생 1,435명을 배출하고
1996년 3월 1일 폐교되었음
            경상북도 교육감>

국민이 초등으로 바뀌던 날
실공장이 들어섰다
풍금소리 맞춰 나비들이 날고
고향의 봄을 부르던 조카들 대신
기계음이 초 칠한 마룻장 위를 뛰어다닌다

이제 하내리의 봄은
교적비의 추억으로부터 오리라
두 팔 잘린 플라타너스 그늘 아래
1,435명 중 살아 남은 한 사내가
푸우, 담배연기를 내뿜는다

고장난 풍향계는 여전히 북향이었다

낙화 유수

이리 쉬 질걸
화르르 서둘러 피었나

꽃 속에 이미
남 몰래 씨눈 틔운
정녕 보지 말아야 할 얼굴이었나

공중에 찍힌 새들의 발자국
내 얼굴의 낙화유수여

일기 예보

바람이 분다고 생각하는가
뇌일혈의 태풍을 보라
고혈압의 삶에 밀리는 것이다

저 홀로 파도가 치겠는가
육지가 꿈틀거리기 때문이다
잠 못 이루고 자꾸 뒤척이기 때문이다

성기 쳐들고 누군가를 기다리는
지상의 모든 꽃들

한밤의 지진은
땅속에서도 피가 도는 화석
불멸의 역사가 한숨을 내쉬기 때문이다

적 벽 가

담쟁이여
발목이며 허벅지 타고 올라
내 가슴의 상처 어루만지던
푸른 촉수여

아뿔싸, 과분한 사랑에 혼절해
밑둥을 자르고 말았으니

이제 내 가슴 적벽엔
마른 버짐 같은
천년의 돌이끼만 자라리

빈둥거리며 살고 싶다

풀을 먹는 게 곧 일인 염소
왼종일 두리번거리다
슬슬 배고프면 비행하는 새처럼

무노동 무임금
일하지 않는 자여 먹지도 말라 사이에서
빈둥거리며 살고 싶다

하는 일이 곧 죄일 때
빈둥거림만이 최선이라는 사실을
다람쥐며 산까치는 알까 모를까

추억의 별빛

저 별은 없다
3광년 거리의 별
추억의 빛으로만 남았을 뿐

이미 없다
3년 전의 그 얼굴
빛만 남고 약속의 실체마저 사라졌으니
너는 온 적도 없다

오늘 나의 뒷머리엔
원형탈모증의 달만 떠올랐다

칩   거

눈이여 내려라

환멸의 세상 유리창에
성에꽃이 피었다만
내 눈엔 백태가 끼었나니

차라리 함박눈이여

얼마 남지 않은
검은
눈동자
이마저 덮어다오

청포도 순을 자른다

권정생 선생의 산문집
『우리들의 하느님』을 읽다가
고향의 청포도 순을 자른다

겨우내 가지치기를 못했구나
무성한 순을 자르다보면
포도는 고사하고
꽃 한송이 맺지 못한 내 몰골

웃자란 머리카락
웃자란 손발톱 웃자란 잔주름

밤새 청포도 순을 자르다보면
알알이 삶보다 먼저 영근
엄살의 시여

야간 열차

하 많은 식솔들을 데리고
어디로 가시나

잠결인 듯
터널 지나 내 복부 위로
처억, 다리를 걸쳐오는 어머니

관절 일흔다섯개의
야간 열차여

내 마음속의 피뢰침

우산을 접으며 생각한다
살을 타고 흐르는 빗물
혹 범람하지 못한 내 눈물은 아닌지
(한번도 정면이 아니었어!)

온몸에 스미는
사소한 비애 사소한 절망
얼굴 감추듯 얇은
비닐우산으로 가려온 건 아닌지
(제기랄, 한번도 정면이 아니었어!)

마른번개 치는 새벽에 일어나
내 마음속의 피뢰침을 접는다
방바닥에 정수리를 박고
고였던 눈물 한꺼번에 쏟는다

마침내 눈물이 나를 뱉아내며
천둥 벼락을 부른다

새끼발가락의 시

지하철 입구의 얼굴 없는 그들은
내밀 손이 없거나 디딜 발이 없다

더이상 손 벌릴 곳이 없는 내게
내밀 손조차 없는 손을 내보이고
더이상 발 디딜 틈이 없는 내 발등 위에
디딜 발조차 없는 발을 슬그머니 올려놓는다

지하철 출구에서 동전 한닢 던지며
나는 새끼발가락의 시를 쓴다
상처를 내보이는 것만으로도
생계가 해결될 수 있다니 !

돌아보면 내가 사랑한 것도
상처뿐이었다 수레바퀴에 깔리고
막장에서 다시 으깨진 새끼발가락뿐이었다

하지만 징징거리는 시인이여
아직도 내보일 상처가 남아 있는가
새끼발가락의 시는 구걸일 뿐이다

모처럼 하늘을 보았다

비 오면 우산을 쓰고
눈 오면 외투깃을 올릴 뿐
굳이 하늘을 보지 않아도 좋았다

전철 버스 번갈아 타며
무덤으로의 출근 혹은 퇴근길
문득 보도블럭이 일어서고
뒷골이 서늘해지자
모처럼 하늘을 보았다

코피를 쏟고서야
고혈압의 서울 하늘을 본 것이다

토도독, 울대를 치며
홰치는 수탉처럼 머리를 쳐들지만
단내나는 목구멍 속
닭울음조차 나오지 않았다

차를 마시며

연잎에 구르는 물방울로
한 잔의 차를 끓이다가
풍화된 돌부처의 미소를 보았다

초의 선사의 차를 마시며
새가 그리우면 새 되어 하늘에 오르고
꽃이 그리우면 한송이 꽃으로 서는데
다시 물소리 들리면 물로 흐르다
차향이 스미면 돌아와 차를 마신다

그러나 산문 밖의 세월은
불두화 꽃잎들을 하나씩 지우고
문풍지 운다 삭풍만 분다

끝내 용서하지 못하리라
허기진 명상은 제 스스로 머리 깎지 못한다

역류의 사랑

물살이었으면
자갈을 안고 굴리며
그 긴 팔로 산허리 감으며
기어이 한 바다로 가는 강이었으면

그러나 어이 하리
그대의 핏줄 속에선 언제나
솟구치는 한마리 은어인 것을

제 3 부

역   사

알리바이를 알고 싶으면
그의 똥을 보라 오줌을 보라
밥이 아름다우면
똥마저 탐스럽다 속일 수 없다

갈수록 독해져
거름으로도 못 쓰는 인간의 똥

특별검사제도 필요없다
대통령부터 일렬횡대로 밭두렁에 앉히고
엉덩이를 까보면 알 것이다

역사는 날름거리는 혀가 아니라
아름다운 똥의 기록이다

속　도

토끼와 거북이의 경주는
인간들의 동화책에서만 나온다
만약 그들이 바다에서 경주를 한다면?
미안하지만 이마저 인간의 생각일 뿐
그들은 서로 마주친 적도 없다

비닐하우스 출신의 딸기를 먹으며
생각한다 왜 백 미터 늦게 달리기는 없을까
만약 느티나무가 출전한다면
출발선에 슬슬 뿌리를 내리고 서 있다가
한 오백년 뒤 저의 푸른 그림자로
아예 골인 지점을 지워버릴 것이다

마침내 비닐 하우스 속에
온 지구를 구겨넣고 계시는,
스스로 속성재배 되는지도 모르시는
인간은 그리하여 살아도 백년을 넘지 못한다

돌아보면 그가 있다

돌아보면 그가 있다
쪼그려 앉아 담배 피우는 사내
바닷물 다 마셔봐야 짠맛을 알겠냐는 듯
씨익 웃는 그가 있다

늘 앞서던 황인종의 눈빛 속에
20세기의 꿈은 저물어가지만
불경 속으로 들어가는 마르크스
불경 속에서 걸어나오는 마르크스
돌아보면 언제나 그가 있다

흐린 날의 헌책방
그의 유서 속을 거닐다보면
어느새 그는 나의 렌즈이자 암실
빛의 날들이 뚜렷이 인화되지만
일요일에 태어나 일요일에 죽은
그와의 완충지대엔 낙엽 지느라 시끄럽다

추모한다는 것

무정란을 품고 산다는 것
돌아보면 꽃의 이마가 따스하다
그의 그림자 한없이 길어졌다 짧아진다

자가 발전기

천씨 어르신 새벽 발소리에
볏잎 더 푸르고
논두렁 콩잎들도 귀 쫑긋 세운다카이
돌아와 식전 냉수 한사발 마시면
마, 그제서야 담너머 불쑥 내미는 호박꽃

숫총각 박기사 공장문 열면
마, 기계음도 행진곡풍으로 바뀌고
늦깎이 이차장 사무실 들어서면
직원들 하나같이 환한 알전구가 되더라카이

우야다 술 한잔 밤늦은 귀가길
발 씻고 이부자리 들자마자
마누라가 먼저 신열 아이가, 몸살 아이가

그란데 우짜문 좋겠노
천씨 어른은 제초제를 마시고
박기사는 해고요
이차장은 마, 명예퇴직 안 당했나

볏잎 푸르다케도 쭉정이뿐이고
기계 돈다케도 신바람이 없는기라
사무실 환하다케도 왠지 창백하고
허구헌날 마누라는
빈혈 아이가, 현기증 아이가

누가 뭐라케도
갸들은 마, 걸어다니는 발전기
더러븐 세상 웃기는 자가 발전기였던기라

그 남자

그 남자 죽는 순간까지
사나이의 기개를 잃지 않았으며
차렷자세의 주검마저 사내다웠다

하지만 알 만한 사람은 다 안다
그 남자 이 세상에서 한 일이라곤
섹스밖에 없었다는 것을

인류 역사상
남자가 한 일은 전쟁과 사정뿐
죽을 때까지 공들여 사랑한 것은
쇠로 만든 성기밖에 없었다는 사실을

막생아, 막생아*
천지간의 남자들은
처녀림이 버린 개자식이었다

    *莫生兒: '아이를 낳지 말라'는 선불교의 화두. 깨달음은 누구와
  의 관계를 통해서가 아니라 스스로 얻어야 한다는 뜻.

시인이 평론가에게

춘성 선사의 혀를 빌려
한 소식 보낸다
받아라

내 큰 그것이 어찌
네 작은 그곳에 들어가겠느냐!

반혁명의 아침

파블로프의 개들 1

어제는 애인의 방에서 잠을 잤다
송이버섯 돋는 꿈을 꾸며
집 나간 애인의 방에서 쓴 시들은
왠지 아득하기만 했다

약속된 불빛이 안 보인다는
어느 젊은 시인의 말처럼
매카시즘의 미라가 눈을 뜨고
파블로프의 개들이 일제히 짖으며
조건반사적으로 마녀 사냥을 시작했다

반혁명의 이 아침
이제 지하엔 양지를 지향하는
안기부원이나 동성애자밖에 없는가
생침 질질 흘리며 짖는 개들의 세상
그렇다면 내 하나의 사랑도 마녀였단 말인가

겨드랑이 털을 깎고 집 나간 애인은
일단 오늘밤에도 돌아오지 못할 것이다

파블로프의 개들 2

풍자냐 자살이냐, 살아 남아 독설이다

한번 흘레붙었다 하면
뜨거운 물 붓기 전에는
떨어지지 않는 게 개다

정객은 갈기만 세운 셰퍼드
재벌은 뭐든 물면 절대 놓지 않는 불독
기자는 엽총 소리 울리자마자
쏜살같이 달려가는 포인터

혈통을 가리지도 않고
서로 엉덩이 잘도 핥고 비비는
개는 개로다

펄펄 물 끓여라 !

개 밥그릇은 조선 백자였다

파블로프의 개들 3

고려 청자보다 아름다운 게
조선 백자다 기술도 앞서고
순도나 가마의 온도도 훨씬 더 높다

청자가 귀족의 유희라면
백자는 민초들의 목줄
어쩌다 스텐 그릇에 밀려
개 밥그릇이 되기도 했지만
조선 백자는 더이상 개 밥그릇이 아니다

조선 백자를 팔아
청와대 국회에 들어간 권 출신들이여
개 밥그릇은 개 밥그릇일 뿐이다

근친 상간

파블로프의 개들 4

텔레비전의 정치 경제 뉴스를
쉽게 풀어 쓰면 이렇다

──오빠의 아이를 임신해
　　괴롭습니다

──어머니와의 관계가
　　잘못된 일인 줄은 알지만
　　자꾸만 생각이 나 어쩔 수가 없어요

──이 아이를 입양해주세요
　　아이의 아버지는 바로 저의 친아버지입니다

적과의 동침

동상이몽의 밤이여
그대 몸 위로 거꾸러지면
누워 그대는 무얼 보는가

핏줄 불거진 목덜미 비껴 지나
천장에 못박힌 아버지를 보는가
나는 헝클어진 그대 머리카락 사이로
통곡하는 이 땅의 어머니를 보았다

체위를 바꿔본들 뭐가 다를까
어쩔 수 없이 살을 섞으면서도
도대체 안심할 수 없는 이율배반의 사랑이여
그대 자본주의의 몸 속에
수천 수만의 살모사 새끼들을 낳을 수밖에

마침내 팽팽해진 허리
서로의 활 시위를 당기는 절정의 순간
누구인가 빛나는 화살이 되고 있다

그 시절 너와 더불어

요절 시인 여종구의 영전에

그 시절 너와 더불어
노천극장은 비로소 노천극장이었다

희망이 하회탈처럼
자주 표정을 바꾸던 그 시절
막걸리 몇 사발에 불콰해진 얼굴
너와 더불어 우리들의 술집
감천은 감천, 행운은 행운이었다

실연과 소주와 투쟁과 눈물
너와 더불어 짱돌은 짱돌, 꽃병은 꽃병
최루성 안개가 내리는 분지의 청춘은
비로소 청춘다웠다

그러나 자네의 영전엔 가지 않겠네
씹새끼, 새파란 나이에 추모시나 쓰라니!
거지발싸개 같은 놈
자네 생각 근처엔 오줌도 싸지 않겠네
종구야, 종구야~ 哭, 哭, 哭!

도시의 콩새

헐렁한 신발 속 어쩌면 발가락이 하나쯤 모자라는 도시
의 콩새는, 분주히 청흑색 날개를 파닥이며 속옷 흠뻑 적
시다가도 클래식 음악과 아메리칸 스타일의 커피를 알아야
한결 육질이 연해지고 고기맛도 좋아지는가 때로 장갑을
낀 퍽 당돌한 콩새는, 날개의 성형수술도 기꺼이 마다 않
는 도시의 콩새는,

열살 무렵 나의 새장은 콩새들로 가득 찼다 팔매질을 하
면 콩밭의 콩새가 어떤 각도로 날아오르는지, 어떤 포물선
을 그리며 나는지, 날아올라 어느 감나무에 앉는지 눈을
감고도 알 수 있었다 콩밭과 감나무 사이 바로 그 공중에
새그물을 쳐놓고 나는 그저 기다릴 뿐이었다

서울 생활 칠년 만에
도시의 콩새도 별반 다르지 않다는 것을 알았다

콩깍지의 첫사랑

콩밭 이랑에 떡개구리처럼 몸을 낮추고 듣는다
이승의 모든 사내들이 버린 소꿉동무 숙이의 울음소리를

열여섯 숙이는
무녀 신씨의 딸이었다

콩이파리 파란 콩밭에 누워
역마살의 씨앗을 받아들이며
제발 버리지는 마옵소서

그날 밤도 늦은 밤
솔잎보다 무성한 아랫도리
하혈을 쏟으며
가더라도 제발 날 잊지는 마소서

이놈 저놈 인육의 거리 떠돌며
콩깍지의 첫사랑 아직도 못 잊어

콩새야 콩새야
콩밭엘랑 가지도 마라 !

섹스 혹은 산다는 것은

때로 머리털이 곤두서고
혈관은 수축할 대로 수축해져
심장은 더 빨리 뛰고
충혈되는 눈, 눈동자는 커지고
한없이 열리는 숨관
생각만 해도 호흡이 가빠지고
교감신경은 극도로 자극돼 코피처럼
우러나는 에네프린

아아 그러다가
다시 눈동자는 작아지고
내장과 근육은 풀려
맥박수도 차츰 줄어들면서
급기야 배가 고파져오는 것!

그것은 고양이의 마지막 유희였다

모란꽃 그늘 아래
고양이 한마리 졸고 있다
코끝에 이는 아지랑이
꽃잎 하나 슬로우모션으로 떨어지자
기지개를 켜던 그의 눈조리개 확 열린다
순간 꽃잎 문 새앙쥐 잽싸게 숨지만
나는 보고야 말았다
스프링처럼 튀어오르며
살기가 희열로 바뀌는 것을
그러나 이상한 일이었다
잡은 것은 피묻은 꽃잎뿐
응고된 살기의 발톱만 빠져버렸다
금세 몰라보게 늙은 고양이
수면처럼 스미는 향기 속으로 멸입되고
피묻은 모란꽃 더 붉게 피어난다
참으로 이상한 일이었다
그후로 모란꽃에는
벌 나비 한 마리 날아들지 않았다

바람은 지상의 거대한 강이다

꽃을 피우는 바람의 입술을 본 적 있는가
꽃을 지우는 바람의 혀를 본 적이 있는가
바람은 지상의 거대한 강이다

홀연히 바람처럼 사라지고 싶지만
이미 없는 그는 보이지 않고
그의 발길에 딴죽 거는
나뭇가지와 전선의 울음소리만 들린다

그러나 바람은 날마다
어디론가 우리를 끌고 간다
제아무리 발버둥쳐도 옷소매 놓지 않는다
귓불 가까이 다가와
후끈 달아오르는 봄바람이다가
가슴팍 후비는 삭풍이 된다

아무것도 아닌 그저 바람일 때
그는 슬프다 더이상 아니고픈
역설의 바람일 때

흔들리는 모든 것을 흔들고
흔들리지 않는 것까지 흔들 수 있다

그리하여 바람은
흔들 뿐 흔들리지 않는다
삐걱이는 불면의 창문이여 나무여
지구를 돌리는 바람을 보라

우리는 이따금
그가 버린 말 주변을 서성이며
역풍을 꿈꾸지만
마침내 이 한마디를 위해 혀를 버려야 한다
사랑은 지상의 거대한 강이다

미륵 와불

두 팔로 하늘을 끌어안고
마침내 등으로 이 땅을 업고 일어설 때까지
그는 누워만 있었다

풍화된 귓불을 스치는
모든 살아있는 것들의 숨결
57억년 뒤에야 올 후천개벽이
펴보라, 이미 손바닥 안에 와 있다

이 뭣꼬!
등이 시려 미치겠다

사랑은 어떻게 오는가

자욱한 먼지를 일으키며
산모퉁이 돌아오는 시골 막버스처럼
오기 전엔 도대체 알 수 없는 전화벨처럼 오는가

마침내 사랑은
청천하늘의 마른번개로 온다
와서 다짜고짜 마음의 방전을 일으킨다

들녘 한복판에
벼락 맞은 채 서 있는 느티나무
시커멓게 팔다리 잘린 수령 오백년의 그는
이제서야 사랑을 아는 것이다

사랑과 혁명 그 모든 것은
비로소 끝장이 나면서 온다
제 얼굴마저 스스로 뭉개버릴 때
와서 이제 겨우 시작인 것이다

세기말의 시인

아르키메데스에겐 목욕탕이
뉴턴에겐 사과가 있었듯이
갈릴레오에겐 성당의 램프가 있었다

뇌리를 치며 떨어지는 사과 혹은
잠들지 않는 자의 의식을 넘나들며
흔들리는 램프, 램프, 램프
비로소 우리 삶에도 만유인력이 작용하고
지구는 돌기 시작했다

그렇다면
그대에겐 무엇이 있는가
버릴 수 없는 숙명의 카메라인가
터지는 플래시 속에 드러나는 한 편의 시인가

세기말의 마지막 증인이자 목격자여
렌즈에도 사상이 있고
눈동자에도 철학이 있다면
셔터를 눌러라 플래시를 터뜨려라

그것만이 오늘도
한바퀴 지구를 돌릴 수 있다

죽은 소에게 풀을 먹이다 2

누구인가
밤마다 피뢰침을 타고 내려와
내 절망의 푸른 신경을 돋우는 그대
눈썹만큼씩 옮겨 앉는 별처럼
조금씩 배반의 메시지를 보내오는 그대는
도대체 나의 누구인가

정전된 꽃들이 어둠속
날름대는 불의 혀로 등장하고
죽은 소 잠시 흐트러진 옷매무새 바로잡으며
거듭 실감한다 한알의 씨앗이
몇알의 씨앗으로 남기까지엔
얼마나 낮은 포복의 헛구역질 혹은
두터운 외투차림의 수면제가 필요한지
아아 돌아보지 말라 죽은 소의 데스마스크
녹슨 휘파람을 불며
밤마다 우리들의 창문을 두드리고 있다
(한 시절 지푸라기로 다가와
어느덧 섬이 된 그대여 죽은 소여 코뚜레여

묻노니 두 뿔은 아직도 유효한가)

때때로 삶은 알콜 중독자처럼
떨리는 오른손을 암거래하는 왼손
자욱한 담배연기 너머 폭우를 동반한 태풍이
북을 치며 옆구리를 향해 달려온다
그러면 우리는 어디서 왔나 어디로 가나
꼬리를 문 수세기 소의 행렬 속에
맨몸으로 나부끼는 이념들의 화사한 낙화
보라 보지 말라 창백한 우리들의 이마 위로
주름살 하나 그어놓고 사라지는
긴 꼬리별의 비망록
나는 닭이 세번 울기 전에 한번 더
죽은 소 부릅뜬 흰자위의 비애 혹은 분노를 엿본다

폐부 깊숙이
아직 떠나지 못한 천둥과 번개
내일의 참한 화석으로 남지 못할 것이라면
우리는 대체 무엇인가

공복의 아기집엔 아직 싹트지 못한 것들의 아우성과
차마 귀를 내줄 수 없는 죽은 소의 말씀
(그렇다 우리들의 교집합은 사랑, 차집합은 죽음뿐!)

그러면 무엇일까
죽은 소의 싱싱한 육체를 후려치는 회한의 소낙비
그때마다 모든 숨구멍을 빠져나와
황홀한 리듬으로 발산하는 저 찬란한 광채는 대체 무엇
일까
되새김질마저 못다 한 소, 죽은 소
그대의 깊은 잠속을 엿보며
이제 와 시든 풀을 먹이는 나는 또 누구인가
투둑 시계 태엽이 끊어지는 느낌으로 돌아보면
(아아 소주, 커피, 담배, 그리고 불면……
만약 마약과 대마초, 코카인마저 있었다면
우리는 벌써 끝장났을지 모른다)

충혈된 우리들의 눈빛이 부딪치는 곳마다
하나둘 탄생하는 별자리들

녹슨 레일 위에 엎드려 귀를 대면
언제나 숨가쁜 기차가 달려오고
우두두 죽은 소들이 행진을 시작하지만
아직도 못다 한 되새김질의 그대
두 뿔은 유효한가 그런가 정말 그런가
그대의 목구멍 속에 풀꽃이 피고 있다
마침내 한 시대의 씨짐승인 소
죽은 소여 토하라 먼저 구토부터 하라

마지막 노래

이대로 내가 죽어
무성무성 무덤풀로 자란 뒤에
아무리 불러도 대답 않으리

이미 나는 죽어
예저기 상사화로 피어난 뒤에
아무리 편지해도 답장 않으리

때늦은 후회의 목소리
우리 둘만의 솔숲이여 강둑이여
제 아무리 전화해도 응답 않으리

입 속에 가슴 속에
풀 뿌리 아카시아 뿌리 박혀와
대답은커녕 속울음조차 못 울 것을

나 떠난 뒤
그대 아무리 불러도
끝끝내 아무 말 못하리

외로움을 견디는 자의 힘

이　　영　　진

떠도는 자는 언제나 외로움의 그림자를 거느리고 다닌다. 외로움이란 떠도는 자를 또다른 길로 인도하는 동력이 되곤 한다. 한번 이 동력에 의해 길들여지면 그것은 치명적인 것이 되어 전 생애를 관통하는 운명적 틀이 되어버리곤 한다. 잠시도 한 하늘 밑에 머물 수 없으므로 그에게 친숙해진 관행과 규칙이란 '떠돎' 그 자체일 뿐이다.

외로움이란 적극적인 혹은 온전한 관계맺음을 갈구하는 정신의 반영이다. 소외는 대상화되는 모든 존재의 내면에 그늘을 드리운다.

서로가 서로를 끝없이 대상화하는 '현대'는 거대한 '떠돎'의 다른 표현이다. 누구도 지금 살아내는 시간의 현존하는 정체를 알 수 없으며 그것이 진행되어 쌓이는 미래를 기획하고 답할 수 없다. 예측할 수 없는 세계. 불가해한 삶. 소멸을 향해 열려진 일상들의 겉모습만을 향유할 수 있을 뿐이다. 금세기의 고향인 세계는 이런 황폐와 불안의 자장 안에 놓여 있다.

상처받은 자는 길을 떠난다. 상처로 인해 훼손되기 이전의 온전한 세계의 원형을 찾아서 떠돌게 되는 것이다. 그래서 모든 떠돎의 시작과 끝에는 화석처럼 굳은 상처의 흔적이 보인다. 흔히 길 떠나는 모험의 끝에 '귀향'이란 변증법적인 환원이 이뤄지곤 하지만 이런 법칙은 이제 누구도 장담할 수 없는 예측불허의 일이 되어가고 있다. 떠나온 곳은 있으나 돌아갈 곳은 없다. 빠른 속도로 근거지가 변질돼버림으로써 누구도 떠나온 제자리를 찾아 되돌아갈 수 없는 것이다. 귀향이란 희망의 단어가 용도폐기되어버린 지 오래인 것이 현대의 풍경이기 때문이다.

상처를 주고 받은 근거지로부터의 이탈은 도피이면서 동시에 객관적 '거리'의 확보를 위한 한 방편이다. 자아를 둘러싼 억압과 부자유, 불안 등의 불명확한 근원으로부터 멀어짐으로써 그것들을 바로 볼 수 있는 시야를 확보할 수 있는 유일한 처방이 바로 '떠남'인 셈이다.

떠나는 자는 언제나 햇살 속의 적막함보다 자궁 속과도 같은 어둠의 때를 선택한다. 상처가 생성되던 근거지의 어두운 마을에 불빛이 떠오르는 것을 산등성이에 올라 뒤돌아보면서 바람 속에 몸을 섞기 시작하는 것이 떠도는 자가 만나는 첫 세상이다. 떠도는 자가 간혹 몸을 맡기는 기착지가 있다고 하더라도 그것은 그저 떠도는 과정 속에 만나는 바람의 집일 뿐 근원적인 뿌리내림은 될 수 없다. 한번 길 위에 들어선 자는 그 상처가 복원될 때까지 영원히 길의 일부가 된다.

우리의 근현대사는 그것의 생래적 불완전성으로 말미암아 집단적인 떠돌이 의식으로 가득 채워져 있다. 떠도는 자들에게 세계는 언제나 변방일 따름이다. 중심의 타락과 황폐가 떠돎의 근원이라면 떠도는 자의 고단한 여정 속에는 그것을 치유코자 하는 절망적인 열정이 스며 있기 마련이다.

개항 이래 백년 동안의 긴 시간을 우리는 떠돌고 있다. 백년

동안의 고독이 지속되고 있으며 더러 환영처럼 고향의 모습을 본 적도 있으나 여전히 어머니인 고향은 멀다. 자신의 고향이 곧 이방이 되어 있는 상태의 추방이란 얼마나 먼 떠돎인가.

이원규의 시들은 바로 이런 떠돎의 기록이자 그 외로움의 기억이다. 일상적이면서 동시에 초월적인 그의 행로는 선적 의지로 번뜩일 때가 많지만 고전적인 어법의 범주를 벗어나지는 않는다. 의사소통의 회로를 심하게 굴절시켜버리는 낯섦 대신 삶의 이면에 내재된 근원의 실체 속으로 세계를 끌어들인다.

시집의 맨 앞에 배치된 「북극성」은 길을 떠난 자의 잠시도 쉴 수 없는 긴장된 의식을 드러내고 있다.

> 숲 속에 홀로 누운 밤이면
> 나의 온몸은 나침반
> 그대 향해 파르르 떠는 바늘
>
> 밤새 외눈의 그대 깜빡일 때마다
> 나의 몸은 팽그르르 돌아
> 정신이 없다
>
> 극과 극의 사랑이여
> 단 하룻밤만이라도
> 두꺼비집을 내리고 싶다

빛나는 것을 향해 도는 향광성(向光性)의 자아를 지닌 그는 숲 속에 누워 쉬고자 하지만 끝내 쉴 수 없음을 하소연한다. 어둠의 중심에 균열을 만드는 별빛[光]은 어둠을 드러내는 근원[法]이다. 빛과 그것을 보는 자의 관계는 서로 대상화된 것이기

보다 교감하고 환원되는 동시성의 특성을 지닌다. 이런 '극과 극의 사랑'이 끊임없이 지속되는 상태란 회열이자 동시에 고통일 수 있다. 그는 두꺼비집을 내리고 일상의 따뜻한 온기 속으로 복귀하거나 타락하고 싶다. 그러나 그의 온몸은 빛을 향해 저절로 파르르 떨리는 본능을 갖고 있어서 숙명적으로 규범화된 타락의 세계로 복귀가 어렵다. 두꺼비집을 내리고 어둠속으로 들어가 자신의 몸과 별의 육체를 동시에 쉬게 하는 것은 불가능하다. 그것은 바로 길을 떠나 이미 홀로 숲 속에 든 자이기 때문이다. 두꺼비집을 내리고 싶다는 그의 욕망은 역설이면서 엄살이다. 설령 그렇게 된다 하더라도 그는 금방 그 고정되고 규정화된 일상에서 도망쳐버릴 것이기 때문이다.

모든 귀향의 욕구는 모든 길 떠난 자의 희망이면서 도달할 수 없는 환상이다. 영원히 깨어 있는 의식과 그 숙명을 노래하는 것은 특별나게 새로운 것은 아니다. 다만 무한한 역동성으로 꿈틀거리는 세계의 저 심연을 향해 움직여가는 자의 행로가 언제나 새롭게 느껴지는 것은 그 심연을 가로막는 대상화된 세계의 각질 또한 쉴 새 없이 두꺼워지고 있기 때문이다. 이원규 시의 거의 전편에 나타나는 이런 익숙한 발상은 세계 자체의 황폐를 전복시키는 새로운 결말로 유도됨으로써 공감과 충격의 파장을 갖는다.

삶의 무작위성과 불가사의한 가변성 속에서 이뤄지는 '만남'의 신비스러움을 노래하는 「인연」에서도 그는 "그대와 마주치지 않으려／얼마나 먼 길을 나, 돌아서 왔던가"라고 이야기 하고 있다. 좋건 싫건 자신의 의지대로 되지 않는 필연적 만남에 대해 그는 이야기하고 있지만 그것은 이미 자신의 '돌아서 오는' 행로 속에 내재된 피할 수 없는 만남이다. 히브리의 옛 사내 예수가 마지막 만찬의 날 '제발 이 잔을 물릴 수만 있다면' 하고 탄식했던 그 기도처럼 이원규 역시 '마주치지 않으려' 먼 길을 돌아서 왔지만 끝내 만날 수밖에 없는 자신 앞의 세계에 대해 그 숙명적 관계를 진술하고 있는 것이다. 아무리 고통스럽고 비극적인 것이라 하더라도 자기 앞에 배당된 삶을 누구도 피해갈 수 없다라고 생각하는 근저에는 대속(代贖)적 생애를 살아가고자 하는 자의 이타(利他)적 인식이 숨쉬고 있다. 합리적이고 이성적인 추론과 논리만으로는 어찌해볼 수 없는 삶과 세계의 불확정성을 수락하는 그의 이런 인식은 문명과 이성에 의해 매몰된 세계를 온전한 것으로 되돌리고자 하는 창조적 긴장이 작용하고 있다.

떠도는 자의 역동성과 자유로움이 그가 떠나온 자리의 황폐를 구원하려는 지향성을 가질 때 우리는 굳이 진보를 거론하지 않더라고 역사를 갱신하는 분방한 힘을 예감케 된다. 적극적으로 일상을 파괴해나가면서 그로 인해 발생되는 비극을 감당하려는 자의 필연적인 관계맺음은 숙명적이라기보다 오히려 역사적인 의지로 읽힌다. 그의 시에 자주 나타나는 결정론적인 진술은 그의 개인적인 삶의 궤적 때문일 뿐 그가 숙명론자임을 증명하는 것은 아니다.

그는 일찍이 열일곱살에 가출을 시작했고 그보다 훨씬 이전 아니 태어나자마자 아버지의 부재를 경험하면서 성장했다. 꼭 있어야 할 것이 없는 것은 하나의 근원적 상실감을 만든다. 이 상실감은 모성에 대한 강한 집착과 부재의 근원에 대한 질문으로 이어질 수밖에 없다.

자전적인 진술이 강한 「길의 아들」을 통해 그의 길떠남의 정체와 의미를 비교적 소상하게 만날 수 있다.

실로 먼 길을 돌아서 왔다

길에서 만난 여인에게 아이를 배게 하고
무정처의 날들이 광속으로 흘러갔다
처음 집을 나선 일곱살은
    <중략>

한번도 지름길을 택한 적 없지만
막장에서 빠진 손발톱
직립의 온몸은 구겨진 깃발이었다.

    <중략>

벼락이, 빗방울이, 꽃잎이
어디 갈 곳을 알고 떨어지는가
길의 아들이 길의 딸을 만나 아이를 낳고
길 위에 아이를 버렸다.

한 생명이 길 위에서 태어나 성장하고 방황하다 다시 한 생명을 길 위에 떨어뜨려놓는 자못 서사적인 순환의 얼개를 갖추고 있는 이 작품은 그의 가계사적인 이력을 소상하게 증언하고 있다. "실로 먼 길을 돌아서 왔다"라는 진술은 그가 숨가쁘게 살아온 지난한 세월과 부계(父系)의 역마살이 지나쳐온 삶의 역정을 이제 자신의 것으로 받아들이고자 하는 순명(順命)의 어조로 읽힌다. 길떠남의 원인이 되었던 아버지 부재의 세월을 그가 젊은 아버지의 시간만큼 살아냈을 때 어느덧 아버지와 똑같은 존재가 되어 있음을 깨달아가면서 '떠돎'이란 '단절의 손가락 마디마디를 건너가기' 위한 어쩔 수 없는 선택이며 끝없이 돌고 돌아가야 할 지문 위의 삶처럼 존재론적 필연성을 지니는 것임을 깨닫게 된 것이다.

어떤 개인적인 삶인들 공동체의 커다란 숙명으로부터 자유로울 수 있겠는가. 이 시는 이원규 자신의 삶의 역정으로도 읽히지만 그의 아버지의 삶으로도 읽히고 새로 길 위에 버려진 아이의 아직 도래하지 않은 삶으로도 읽힌다. 삼대에 걸친 떠돎의 시작과 끝은 서로 맞물려 등고선을 형성함으로써 개인사의 범주를 뛰어넘어 공동체 전체의 보편적 정서로 확산되고 있다. 무정처의 날들이 광속으로 흘러가는 가운데에서도 직립의 자세를 잃지 않으려는 자들 앞엔 어김없이 천둥 벼락이 치고 비바람이 불어닥친다. (그는 한때 『노동해방문학』에 참여해 실천적 의지를 불태우며 천둥 벼락이 되고자 했던 시절이 있었다) 그는 이 들끓는 떠돎의 열정과 모험의 과정을 통해 역사의 심연에 도달하고자 몸부림쳤다. 이 치열한 자기규제의 과정은 그의 내면에 자유와 해방의 공간을 열어놓는다. 그는 어느덧 "벼락이, 빗방울이, 꽃잎이／어디 갈 곳을 알고 떨어지는가"라고 반문할 만큼 지혜로워졌다. 열정으로 태워버린 가시적인 세계의 부자유 밑에 숨쉬고 있는 광활한 자유의 초지를 발견해낸 것이다. 그는 더이상 홀로 떠도는 소외된 자가 아니다. 사사로운 삶의 집착을 훌훌 벗어던지고 자신의 아들을 두려움없이 다시 길 위에 버릴 만큼 자유로워져 있다.

「북극성」 「인연」 「길의 아들」에서 보여지는 다분히 정신주의적인 태도가 자기확인을 위한 과정이었다면 「맹인의 아침」은 구체적인 일상의 어느 한 순간이 눈부신 아름다움으로 완성되어 있는 세계임을 보여주고 있다.

산촌 하내리에 눈이 내린다. 천지가 고요함 속에 잠겨 있는 가운데 맹인 김씨가 눈 내리는 소리를 맨 먼저 듣고 눈을 치우러 싸리비를 들고 나선다. 사물의 형상을 볼 수 없는 맹인의 감각 속에는 놀랍게도 훼손되지 않은 세계가 숨쉬고 있다. 맹인의 직관은 자연을 향해 순수하게 열려 있으며 가슴은 마을 사람들의 삶을 향해 따뜻하게 일치되어 있다.

> 온 마을 길들이 덮여
> 문득 봉당 아래 까무러치면
> 맹인 김씨 홀로 깨어 싸리비를 챙긴다
> 폭설의 삶일지라도 살아온 만큼은 길 아니던가
> 밤새 쓸고 또 쓸다보면
> 맹인 김씨 하얀 입김 따라 열리는 동구밖
>
> 비록 먼눈일지언정
> 깜박이는 눈썹 사이 하내리의 아침이 깃들면
> 맨 먼저 그 길을 따라
> 막일 나가는 천씨의 콧노래
> 등교하는 아이들의 자전거 페달 밟는 소리

맹인 김씨는 불구의 방외인으로 버려지고 소외되어 있는 것이 아니라 가난한 산골 하내리를 하나의 통일된 공간으로 묶어내는 아름다움의 근원이 되고 있다. 폭설의 삶일지라도 살아온 만큼 이 길이었다고 긍정할 수 있는 초월적 의지가 도덕과 이념과 의미를 넘어서는 삶의 감동을 끌어내고 있는 것이다.

이원규의 상상력 속에는 강한 전복적 사유가 작동한다. 70여 편 넘는 시집 전체의 시들 속에서 예외없이 상식과 질서를 반전시키는 날카로운 직관과 마주치게 된다. 이 직관의 힘은 상투적이고 세련이 덜 된 투박한 어투들에 탄력과 생명력을 부여해 아슬아슬하게 시들을 구원해낸다.

인간 중심의 우월감에 경고를 보내는 「새는 왜 나는가」「적막 강산」「꽃집에 꽃씨 없다」「지리산 멧돼지」 등 비교적 짧은 시편들은 맹목적인 일상적 삶에 대한 반성적 성찰과 무의미하고 허위에 찬 인위적 질서들을 뒤집어놓는 공격적인 역설이 빛을 발한다. 그러나 온전한 삶의 당위를 구축해내는 이런 시적 성과 속에서도 자꾸 불만이 남는 까닭은 직접적으로 드러내놓은 경구적이고 교훈적인 언술들 탓인 것 같다. "이 또한／얼마나 위험한 논리인가"(「새는 왜 나는가」), "침잠 없는 삶은 삶이 아니고／미동 없는 죽음은 죽음도 아니니"(「적막 강산」)등 그의 빼어난 시적 직관이 곧잘 이런 경구적 직접성과 뒤섞여 평면화되는 것은 그가 너무 사물의 필연성에 집착하고 있기 때문이 아닌가 싶다.

각각 다른 형상을 지닌 수많은 사물들과 존재들이 근원적으로 하나의 커다란 생명의 연쇄작용 속에 있다는 깨달음을 노래하고 있는 「또 하나의 바다」는 존재론적 필연성을 추상적으로 접근하고 있음에도 당위적 폐쇄성에 함몰되지 않는다. 이는 이원규의 시적 상상력이 터무니없이 낯선 환상이나 공허한 감각에 의존해 있는 것이 아니라 튼튼한 공동체적 삶의 사실성에 바탕을 두고 있음을 반증하는 것이다. 따라서 이원규의 서정은 현대적 새로움보다 전통적 정서의 갱신에 더 많은 집중이 이루어지고 있다. 한 종족의 오랜 전통에 뿌리를 내린 새로움이야말로 타인들과 폭넓은 의사소통이 이루어지는 통로일 수 있다. 소외로 표징되는 현실세계의 단절된 실존적 양태들이 그 온전성을 회복할 공간을 확보하기 위해서는 극단적인 자유나 내면적 초월, 실천적 의지가 결여된 명상 등으로 빠져드는 것을 경계해야 된다. '만덕사'라는 부제가 붙은 이원규의 「꿈속의 큰스님」은 삶과 예술적 상상력 사이의 균형을 잘 드러내 보여준다.

스님은 뱀이었다 말도 없이
발도 없이 백화산 수풀을 누비는 큰스님은
푸르디푸른 뱀이었다

백화산의 영물인 청사(靑蛇)처럼 산과 일체를 이룬 큰스님은 "저자에 나서면／만나는 사람에 따라 체온이 달라졌"고 눈을 맞춘 사람들마다 무소유·무집착의 화인을 말없이 건네줄 만큼 무위자연의 생리를 체득한 사람으로 형상화되어 있다. 서울에서 이원규를 만난 스님은 "월강(첫 가출지인 만덕사에서 스님이 그에게 지어준 법명)아, 너도 참 따스해졌구나／가까이 하면 안 되겠다 이만 갈란다"라고 말한다. 이원규의 정신적 원형이기도 한 이 큰스님은 따뜻한 인간의 정에 빠져 집착이 생길 것을 두려워해 황급히 월강 곁을 떠난다. 이 삽화는 '떠남'과 '초월'의 진정한 의미를 절묘하게 설파하고 있다.

끊임없이 대상화되고 규범화되어가는 일상과 허위로부터의 떠남이야말로 되돌아오는 과정이다. 이 과정이 역사적 지평으로 확대되어갈 때 분단의 근원적 상처를 치유해갈 만한 동력이 우리 내부에 형성될 수 있을지도 모른다. 그러나 이원규의 이런 깨달음이 종족 전체의 문제로 환원되면 그는 여전히 좌·우편향의 이분법으로부터 자유롭지 못하다. 「나는 망명하지 않겠다」 「견우화」 등에서 보여지는 그의 민족 전체에 대한 인식은 탈북자들에 대한 직접적인 거부감이나 감옥에 갇혀 있는 좌파들에 대한 단순한 슬픔 등을 표출하는 데 그치고 만다.

분단은 우리를 완벽하게 둘러싸고 있는 그물이다. 이 거대한 상처는 반세기가 넘게 지속되는 시간 속에서 그 아픈 실감을 상실해가고 있다. 아픔이 증발된 몸. 상처는 지속되는데 아픔이

잊혀져가다니 ! 커다랗게 입을 벌린 상처 속에서 자유로울 수 있다니 얼마나 끔찍한 일인가.

　소외와 분열은 이미 공동체 구성원들의 실존 속에 깊이 내면화됨으로써 몸의 일부가 되려 하고 있다. 이런 몸으로 바라다보는 '저 건너편의 나'와 그 '나'가 쳐다보는 '이쪽의 또다른 나', 등을 마주댄 채 서로 앞을 보고 달려가려는 극단적인 소외의 동시성이 바로 새로운 분단의 형식이다.

　이원규의 좌파들에 대한 슬픔과 탈북자들에 대한 질타는 '건너편에서 바라다보기'의 분열을 극복했을 때 놀라운 진전을 이뤄낸다. 「죽은 소에게 풀을 먹이다 2」에서 드러나는 시적 인식은 거대 담론이 해체되었다고 떠드는 90년대의 자기기만과 도피를 여지없이 깨뜨려버린다. 그의 시 형식으로 보면 매우 드물게 60여행의 유장한 호흡을 보여주고 있는 이 동적인 작품은 분단의 상처로 점철된 종족의 비극성과 이를 뛰어넘고자 하는 현재적 고투가 치열하게 뒤엉켜 한편의 묵시록을 이루고 있다.

　　때때로 삶은 알콜 중독자처럼
　　떨리는 오른손을 암거래하는 왼손
　　자욱한 담배연기 너머 폭우를 동반한 태풍이
　　북을 치며 옆구리를 향해 달려온다
　　그러면 우리는 어디서 왔나 어디로 가나
　　꼬리를 문 수세기 소의 행렬 속에
　　맨몸으로 나부끼는 이념들의 화사한 낙화
　　보라 보지 말라 창백한 우리들의 이마 위로
　　주름살 하나 그어놓고 사라지는
　　긴 꼬리별의 비망록
　　나는 닭이 세번 울기 전에 한번 더

죽은 소 부릅뜬 흰자위의 비애 혹은 분노를 엿본다

수세기를 꼬리를 물고 이어지는 소의 행렬 속에서 '황홀한 리듬'과 '찬란한 광채'를 발견해내는 이원규에게 분단과 문명으로 더럽혀진 종족의 현재는 고착된 불멸의 상처가 아니다. 그는 역사의 지평 저 너머에서 숨가쁘게 달려오는 기적소리를 듣고 있으며 스스로 기적소리와 일체가 되는 삶을 꿈꾸고 있다. 싱싱한 육체의 죽은 소에 풀을 먹이는 행위는 육체성의 회복을 위한 것이 아님은 물론이다. 불교적 화두를 연상시키기도 하는 이런 상징적 행위는 주술적인 호흡과 힘찬 가락 등에 힘입어 온전한 세계의 생명력과 그 영원성을 회복시키고자 하는 절박함을 복원하고 있다. 자신의 실존적 위치에서 마주치는 분단의 일상화된 부분들을 통해 민족 전체의 문제를 드러내가는 정서적 회로를 찾아가는 일은 비단 그에게만 지워진 짐은 아니리라.

시집의 제2부와 제3부를 이루는 상당량의 시편들에는 그가 떠돎의 형식을 밥벌이의 일상 속으로 한정시킴으로써 파생된 슬픔과 분노, 자기기만의 혐오감 등이 자주 나타난다. 폭약이 터지는 막장에서 죽음과 극적으로 대치하던 "정면"(「사분간」)의 노동 대신 "펜대에 삽날을 꽂고" "세기말의 기자"(「상사화」) 노릇을 하는 자신을 그는 스스로 잘 용납하지 못하고 있는 것 같다.

연작의 형태로 씌어진 「파블로프의 개들」에서 보여지는 그의 신랄한 풍자와 공격성에는 자신뿐만 아니라 소위 운동의 추억을 팔아 권부에 이름을 올린 자들에 대한 미움이 뒤섞여 시니컬하기 짝이 없다. 그의 도덕적 관점과 실천적 덕목은 물론 정당하고 또한 당당한 것이다. 하지만 이렇듯 치열한 분노의 에너지를 가진 그에게 바라고 싶은 것은 타락한 세계를 타락한 방식으로 대응하는 손쉬움이 아니다. 그가 자기구원을 위해 펄펄 끓는 신

열의 아픔으로 길떠남을 선택했던 그 순정한 방식으로 되돌아가
출구를 찾아보았으면 하는 것이다.

무한 증식의 숨막히는 생리를 가진 자본주의도 소외와 황폐를
양산하는 과학적 문명의 반생명적 질서도 우리가 감당해가야 할
상처의 주요 부분이라면 일방적인 거부와 대안없는 절망감만으
로 혹은 세기말적 허무의 포즈만으로 창조적인 시인들의 자기와
의 약속이 면책될 수 있는 것은 아니다.

> 사랑과 혁명 그 모든 것은
> 비로소 끝장이 나면서 온다
> 제 얼굴마저 스스로 뭉개버릴 때
> 와서 이제 겨우 시작인 것이다

「사랑은 어떻게 오는가」의 끝부분은 나의 염려가 기우에 불
과한 것임을 예감케 한다. 사랑과 증오, 떠남과 되돌아옴의 변
증법적 통합을 통해 사이비 세기말의 허위를 건강하게 뚫고 나
가는 길을 그는 이미 찾아가고 있는 것 같다.

후   기

　그동안 상처를 편애해왔다. 너무 많은 끈을 잡고 있었다. 그리하여 점점 커진 내 몸이 나를 망쳤다. 마침내 몸을 줄이고 줄여야 할 때가 왔다.

　이장하듯 마음의 뼈를 추리다보니 꽃의 이마가 따스하다. 열여덟살 이후 처음이다. 이마 따스한 꽃, 미열의 꽃이 어찌 이토록 서럽게 다가오는가. 서울살이 8년 만에 마음은 자꾸 늦은 사춘기 시절로 달려간다.

　1980년 10월 27일, 백화산에는 첫눈이 내렸다. 채 양말을 신지 않아 발이 시리던 만덕사의 폭설. 해발 8백미터의 이른 새벽 그와 함께 온 것은 10·27 법란이었다. 새벽 다섯시, 법당 앞마당의 눈을 쓸고 돌아와 잠시 호롱불 앞에 조는 사이 '무장공비'가 창호지문을 박차고 들어섰다. "이 새꺄, 밖으로 나갓!"

　고교 1학년 때까지 반공교육을 받고, 웅변대회에도 나간 적이 있는 내게 실탄 장전한 국군 1개 분대와 경찰 세 명이 무장공비로 보이는 것은 당연했다. 승증도, 주민등록증도 없던 나는 밧줄에 묶인 채 산을 내려왔다. 저자거리엔 비가 내렸다. 내내 얻어터지면서도 나는 단지 그들이 무장공비가 아니라는 사실에 안도했다. 신원확인을 끝낸 그들은 아무런 성과를 올리지 못했다며 화풀이를 하고는 풀어주었다. 고마운 나머지 나는 꾸벅 절을 했다.

다시 큰산에 돌아왔을 때 정작 나를 반기는 것은 절도, 부처도 아니었다. 법당 앞에 핀 국화꽃 한송이였다. 그것도 하얀 눈 속에 얼굴을 내민 붉은 국화꽃, 그 꽃의 이마가 너무나 따스해 보였다. 환한 알전구 같았다.

그후부터 나는 뭔가를 쓰기 시작했다. 그게 시의 초심이었을까.

저자에 나간 스님이 돌아오지 않는 날이면, 나는 폭포 옆 산 돌배나무를 찾았다. 나무 아래 큰 바위에 올라 해가 질 때까지 내가 아는 모든 사람의 이름을 불러보는 것이었다. 그러나 대답은 메아리뿐 어느새 눈물이 흐르고, 밤이슬이 내렸다. 죽기 전에 단 한번 얼굴을 본 아버지 이, 정, 욱으로부터 시작해 당시 내가 소리쳐 부른 사람은 3백명을 채 넘지 못했다. 더이상 부를 이름이 없어지면 그때부터 나는 산짐승처럼 울부짖다가 차가운 바위 위에서 잠이 들곤 했다. 그렇게 한마리 산짐승이었을 때 절대고독의 초입을 보았던 것일까.

끝내 어머니를 뿌리치지 못하고 치른 검정고시와 대학, 그리고 채탄 막장과 서울. 한곳에서 채 3년을 견디지 못하는 삶이 이어졌다.

다시금 꽃의 이마가 따스하다는 것을 절감한다. 정말 환한 알전구 같다. 나의 시도 그랬으면, 내가 만난 사람도 세상도 그랬으면 하고 세번째 시집을 묶지만 나는 아직 상처의 편애를 넘어서지 못했다. 아니 상처만 사랑하다보니 그것이 하나의 포즈가되고, 오히려 모두에게 상처만 주었다. 그리하여 이제껏 꿈꾸어왔던 것들도 허상이었다는 것을 깨닫는다.

이제서야 내 몸 속에 사는 한마리 산짐승의 절대고독을 버리고, 꽃을 버린다. 그러나 그냥 버리지는 않겠다. 다시 한번쯤은 산짐승이 되어 볼 작정이다. 당장 내가 통곡하며 부를 이름은 어느새 3천이 훨씬 넘는다. 하나씩 회한에 젖어 부르다보면 몇날 며칠이 걸릴지 모른다. 내게 상처입은 사람들, 그들의 이름을 하나씩 부르며 이제 내 몸을 줄이겠다. 몸을 줄이고 인연을 줄여 한송이 국화꽃이 필요로 하는 만큼의 공기와 물과 흙과 빛만을 탐할 뿐 굳이 일초직입(一超直入)의 세계에 매달리지는 않겠다. 그리고 시로부터도 자유로워지겠다.

불러도 오지 않으니, 이마 따스한 꽃을 찾아 내가 간다. 가서 직접 폭설 속에 산짐승의 얼굴을 내밀겠다. 그러면 버린 나의 시도, 초심도 다시 돌아올까.

나의 본능적인 분노와 그리움의 원천인, 이제는 훨훨 공중을 나는 아버지, 그리고 나의 전부이자 전무인, 이제는 걷는 법마저 잊어버린 어머님께 이 시집을 바친다. 더이상 드릴 게 없다.

1997년 가을 초입
이 　 원 　 규

창비시선 166
돌아보면 그가 있다

초판 1쇄 발행／1997년 9월 20일
초판 3쇄 발행／2011년 10월 7일

지은이／이원규
펴낸이／고세현
펴낸곳／(주)창비
등록／1986년 8월 5일 제85호
주소／413-756 경기도 파주시 교하읍 문발리 513-11
전화／031-955-3333
팩시밀리／영업 031-955-3399 · 편집 031-955-3400
홈페이지／www.changbi.com
전자우편／literat@changbi.com

ⓒ 이원규 1997
ISBN 978-89-364-2166-3 03810